Les aventures de Jules Cousteau

France Lorrain

CAR
ACT
ERE

À Jules Cousteau et à Alain

Mise en pages : Marie Blanchard
Illustrations (couverture et intérieur) : Véronique Glorieux
Révision : Anik Tia Tiong Fat
Correction d'épreuves : François Morin

Imprimé au Canada

ISBN : 978-2-89642-222-7

Dépôt légal — Bibliothèque et Archives nationales du Québec, 2010
© 2010 Éditions Caractère

Gouvernement du Québec — Programme de crédit d'impôt pour l'édition de livres — Gestion SODEC

Nous reconnaissons l'aide financière du gouvernement du Canada par l'entremise du Programme d'aide au développement de l'industrie de l'édition (PADIÉ) pour nos activités d'édition.

Visitez le site des Éditions Caractère
editionscaractere.com

Le masque de Jules

Chapitre 1

Enfin les vacances !

La voiture s'arrête dans l'allée. Après une bonne demi-journée de route, Jules et sa famille sont enfin arrivés.

—Youpi ! Enfin en vacances ! s'exclame Jules en ouvrant la portière.

Ils passeront toutes les vacances d'été dans leur grande maison de campagne. Avec Millie sa petite sœur, Hugo son frère jumeau et Emma sa grande sœur, Jules va profiter de ces longues journées pour s'amuser.

Dans sa maison de campagne, Jules aime tout : la vieille grange qui doit bien avoir cent ans, le grand jardin, le verger et le petit ruisseau qui serpente derrière la maison. Le soir, lorsqu'il se met au lit, il se laisse bercer par le doux murmure du ruisseau. Parfois, il entend aussi des bruits bizarres venant du grenier : cric, crac… clic, clouck. Mais il n'a pas peur. Il aime les drôles de sons que fait la maison. Toutefois, il y a une chose qu'il aime par-dessus tout, c'est la piscine. C'est la plus belle piscine du monde entier. Elle est

ovale, avec de jolis dessins de poissons verts au fond et son eau est limpide. C'est vraiment la plus belle !

CHAPITRE 2

Jamais sans mon masque de plongée !

Ce matin, c'est le premier jour des vacances. Hier, il a fallu tout ranger, alors ça ne compte pas.

Jules a le nez plongé dans sa valise encore pleine.

—Mais où est mon masque? ne cesse-t-il de se répéter.

Il fouille dans sa valise, renverse tout, mais ne trouve pas son masque. Il a beau chercher, il ne le trouve pas. Il regarde sous son lit, d'où il ressort deux chaussettes dépareillées, mais toujours pas de traces de son masque. Il se met alors à crier à pleins poumons :

—MAAAMAAAN ? AS-TU VU MON MASQUE DE PLONGÉÉÉÉÉE ?

La réponse ne se fait pas attendre :

—NOOOON !

—PAPAAA, SAIS-TU OÙ SE TROUVE MON MASQUE ?

Jules tend l'oreille, mais rien. Pas de réponse de son père.

—Oh! zut alors! Comment vais-je faire sans mon masque?

Jules dévale l'escalier et se précipite dans la cour.

En compagnie de leur père, Millie, Emma et Hugo s'amusent déjà comme des petits fous dans la piscine. Ils rient tous de bon cœur, alors que Jules, appuyé contre la clôture, les bras croisés, lève les yeux au ciel. Il boude. Il n'a pas trouvé son masque. Sans masque, pas de piscine pour lui!

13

CHAPITRE 3

Le mauvais tour d'Emma

Jules adore jouer dans la piscine, mais sans son masque de plongée, il n'en est pas question ! Il refuse de se mouiller un seul orteil sans son équipement !

Jules raconte, à qui veut l'entendre, qu'il plonge comme le grand commandant Cousteau.

— L'autre jour, j'ai vu un plongeur EX-TRA-OR-DI-NAI-RE à la télévision. Il s'appelait Jacques-Yves Cousteau. À bord de la Calypso[1], il parcourait les océans et les mers pour observer la faune et la flore sous-marines. C'était un homme très savant et surtout un très bon plongeur! Plus tard, je voudrais faire la même chose que lui, ajoute Jules rêveur. Bon, il est mort maintenant, mais il reste le meilleur plongeur du monde. Il n'aurait jamais pu plonger aussi profondément sans son masque. Eh bien, moi non plus!

---

1. Le nom du bateau du commandant Cousteau.

Souvent, pour rire gentiment de lui, son papa lui crie :

—Alors, Jules Cousteau, viens-tu te baigner ?

Fier, le garçon saute de joie et se précipite à l'extérieur avec son masque sur les yeux.

Même si ses sœurs et son frère se moquent de lui parce qu'il ne plonge jamais sans son masque, cela lui est bien égal. Un jour, il sera aussi bon que Jacques-Yves Cousteau.

Ce jour-là, Jules observe Emma, Millie et Hugo s'amuser dans l'eau. Lorsque sa grande sœur le regarde en ricanant, il se rend compte qu'elle lui cache quelque chose.

—Où as-tu mis mon masque, Emma ? Je sais que c'est toi, affirme-t-il.

—Pff…, répond sa sœur avant de disparaître au fond de la piscine.

Jules attend qu'elle ressorte. Les deux poings sur les hanches, il crie :

—C'EST TOI QUI L'AS CACHÉ, HEIN ? OÙ EST-IL ?

Jules trépigne de colère. Il sait que sa grande sœur lui a joué un mauvais tour.

Inquiète de se faire disputer par leurs parents, Emma révèle enfin la cachette :

—Il est dans la douche, gros bébé ! crie-t-elle d'un air hautain.

Jules démarre en trombe et revient victorieux avec un gros

masque jaune et rouge sur la tête. Il grimpe à l'échelle et s'exclame :

—ATTENTION, JULES COUSTEAU ARRIVE !

CHAPITRE 4

Jamais sans mon masque !

Lorsque cette première journée de vacances se termine, Jules est heureux.

Il a nagé, plongé, joué dans la piscine, du matin jusqu'au soir.

C'est avec son masque caché sous son oreiller, qu'il s'endort paisiblement en souriant.

Personne ne touchera à son bien le plus précieux.

Le lendemain matin, tout le monde est au bord de la piscine. Millie la coquine s'approche tout doucement de lui. Elle ôte son pouce de sa bouche et s'empare du masque de son frère :

—Moi... veux essayer ton *makse*, Jules, lui dit-elle.

Jules fronce les sourcils. Il aime beaucoup sa petite sœur, mais de là à lui prêter son masque...

—Heu... je ne crois pas, Millie. Non, vraiment pas. Rends-le-moi ! Rends-le-moi tout de suite !

Millie fait la moue et commence à pleurnicher.

Jules sent son cœur se serrer.

C'est toujours comme ça avec Millie. Mignonne comme elle est, elle finit toujours par avoir ce qu'elle veut. Alors Jules lui tend son masque.

—Arrête, Millie! Je te prête mon masque, pas *makse*. Mais tu as intérêt à ne pas le briser. Compris?

Aussitôt, Millie saute dans l'eau, le masque de son frère sur le nez.

Elle patauge dans l'eau, les petits bras bien coincés dans deux énormes flotteurs.

Elle tourne, gigote et ne cesse d'enlever l'eau qui s'infiltre dans le masque trop grand.

Jules s'inquiète:

—Bon, ça suffit, Millie! Rends-moi mon masque maintenant! De toute façon, il est beaucoup trop grand pour toi.

Millie tire sur les élastiques pour ajuster le masque, sous le regard catastrophé de son grand frère qui se met à hurler :

— NON ! ne tire pas comme ça ! Tu vas le briser en faisant…

Mais trop tard, il entend un CLAC.

Avant que Jules ne puisse terminer sa phrase, Millie a arraché le masque de sa tête et la courroie a cassé. Elle se précipite hors de la piscine en pleurant sous les cris de Jules, affolé, qui la poursuit.

— MAMAMAMAN, SNIF, SNIF… MILLIE A BRISÉ MON MASQUE. TOUT MON ÉTÉ EST GÂCHÉ.

ELLE A CASSÉ LA COURROIE EN
TIRANT DESSUS. JE TE L'AVAIS
DIT, MILLIE, DE L'ENLEVER!!!

Millie éclate en sanglots en disant :

—Pas fait *sprès*, Jules.

—Mais je t'avais dit qu'il était trop grand pour toi. Tu as brisé mon masque, mon super masque de Cousteau. Je ne vais plus pouvoir plonger ! Comment vais-je faire ? Je ne serai jamais un grand plongeur comme le commandant Cousteau, si je n'ai pas mon masque !

Le garçon s'étend de tout son long sur le gazon. Il se sent impuissant.

Les mamans, c'est fait pour arranger les choses. En deux temps, trois mouvements, la sienne fait un nœud à la courroie et Jules, réconforté, retrouve immédiatement le sourire.

—Et voilà, monsieur Cousteau, vous pouvez plonger maintenant!

Jules inspecte le nœud qu'a effectué sa mère. Ce n'est pas terrible, mais au moins cela a le mérite de tenir. Jules peut retourner maintenant dans la piscine. Sans hésitation, il grimpe à l'échelle pour s'élancer:

—1, 2, 3... à l'abordage!

Il fait une grosse bombe qui éclabousse sa mère. Jules est très fier de montrer ce qu'il sait faire!

CHAPITRE 5

Un masque ?
Pourquoi faire ?

Durant deux semaines, tous les jours, Jules Cousteau plonge comme un dauphin. Il est heureux... comme un poisson dans l'eau.

Un matin, il décide d'entrer dans l'eau comme le font les plongeurs. Il marche jusqu'au bout du tremplin, se retourne et

prend une grande respiration. Ensuite, il ferme les yeux et se laisse tomber dans l'eau.

La tête à peine sortie de l'eau, Jules lance un cri terrifiant :

— HAAAAA ! J'AI OUBLIÉ MON MASQUE !

Hugo éclate de rire. Emma saute dans l'herbe sans s'occuper de lui. Quant à Millie, elle continue de sucer son pouce, confortablement installée dans la chaise longue. Et Jules Cousteau ? Que doit-il faire ? Il hésite entre pleurer et plonger. Mais, après tout... Jules Cousteau n'a pas besoin de masque pour exécuter des plongeons remarquables !

FIN !

Jules est triste

CHAPITRE 1

Le retour des jumeaux

Depuis deux heures, Emma et Millie sont assises dans le salon. Elles se lèvent souvent pour aller regarder à la fenêtre. Les deux sœurs sont énervées et impatientes. Les jumeaux, Jules et Hugo, reviennent enfin aujourd'hui. La porte d'entrée s'ouvre enfin pour laisser entendre un hurlement :

—EMMA, MILLIE, MAMAN, PAPA, FRIMOUSSE... NOUS SOMMES DE RETOUR !

Jules et Hugo arrivent en trombe dans le salon. Leurs parents et leurs deux sœurs les attendent avec impatience.

Les garçons rentrent d'une semaine de vacances passée chez leur oncle qui est aussi leur parrain. Les jumeaux adorent aller à la ferme.

Sans même reprendre son souffle, Jules commence à raconter leurs vacances :

—C'était extra ! Tu sais que la pouliche Gilberte a eu un poulain pendant qu'on était là-bas ! Il est tellement beau, mais il tient à peine sur ses pattes. Maintenant, il y a aussi quatre cochons qui sont très, très drôles. Oncle Patrick nous a tellement gâtés : il nous a emmenés à la crèmerie du village tous les soirs !

Jules attend la réaction de ses deux sœurs. C'est alors qu'il remarque les yeux gonflés de larmes d'Emma et de Millie.

Il se tourne vers son jumeau qui hausse les épaules :

—Aucune idée, chuchote Hugo.

—Qu'est-ce que vous avez, les filles ? La crème glacée était bonne, mais pas au point de pleurer !

Emma, sa grande sœur de onze ans, se lève et disparaît dans la cuisine.

Jules regarde sa mère :

—Qu'est-ce qu'elle a Emma ? Pourquoi est-elle triste ?

Sophie jette un regard vers son mari Robert. Lequel des deux va annoncer la nouvelle, la mauvaise nouvelle, aux garçons ? Robert

prend son courage à deux mains
et s'approche des garçons :

—Assoyez-vous, les garçons. Il
faut que je vous parle, dit-il d'un
ton sérieux.

CHAPITRE 2

Une triste nouvelle

Millie, le pouce dans la bouche, fait une triste mine.

Jules fronce les sourcils. Il sent qu'il y a quelque chose qui cloche. Il est certain qu'il n'aimera pas cette nouvelle que papa va lui annoncer. Hugo s'installe à côté de son frère.

Robert se racle la gorge avant de commencer :

—Avez-vous remarqué que Frimousse n'est pas venue vous voir? demande-t-il une main posée sur une épaule des jumeaux.

—Tiens, c'est vrai, ça! constate Jules en se levant aussitôt.

Il ouvre la porte du patio et crie:

—FRIMOUSSE, FRIMOUSSE !
VIENS ICI, MON CHIEN. ON EST
REVE…

Sophie referme doucement la porte et reconduit son fils au salon. Elle fait signe à Robert de continuer.

—Jules, Hugo, pendant vos vacances, Frimousse a eu un accident.

Jules se sent mal. Il ne veut pas entendre la suite.

Frimousse a toujours été là depuis qu'il est né. Frimousse fait partie de la famille.

C'est dans la chambre, que partagent Hugo et lui, qu'elle dort tous les soirs, depuis toujours.

—Elle est chez le vétérinaire ? demande Hugo avec espoir.

Robert secoue la tête. Jules a compris.

Il s'élance hors de la pièce avant que ses parents ne puissent réagir.

—JE NE VEUX RIEN SAVOIR ! crie-t-il en se bouchant les oreilles.

CHAPITRE 3

Frimousse est partie

Frimousse est morte.

Frimousse ne posera plus sa truffe mouillée sur les genoux de Jules.

Elle ne jouera plus jamais à la balle avec les enfants.

Frimousse est sortie de la cour et une voiture l'a heurtée.

Couché dans son lit, Jules serre contre lui son toutou tamanoir. Il pleure de rage.

Toute la soirée, Hugo et Jules discutent en pyjama :

—Tu crois qu'il existe un paradis pour les chiens ? demande Hugo.

—Je ne sais pas. Mais s'il y en a un, il doit être plein d'os, de pantoufles et de bouts de bois !

—Penses-tu qu'elle peut nous voir d'où elle est ? demande Hugo.

—Je ne sais pas…

Après quelques minutes, Hugo ouvre la bouche pour poser une nouvelle question, mais Jules se tourne vers le mur. Il ne veut plus

49

penser à Frimousse. Il aimerait dormir pour oublier. Mais il n'arrive pas à s'endormir. Il est beaucoup trop triste. Il se retourne vers son frère.

—Hugo… si on avait été là, crois-tu qu'on aurait pu empêcher l'accident et que Frimousse serait encore vivante ?

Hugo ne sait pas quoi lui répondre.

—Peut-être que oui, peut-être que non. Je ne sais pas, Jules.

CHAPITRE 4

Le souvenir de Frimousse

D'habitude, tous les matins, Jules et Hugo vont au parc avec Frimousse.

Mais pas aujourd'hui... et plus jamais.

Jules est assis dans la balançoire, le regard dans le vague.

Puis il va dans le bac à sable, quelques minutes, pas plus.

Il s'allonge sur son trampoline. Il n'a envie de rien.

Par la fenêtre, sa maman l'observe.

—Emma, dit-elle, tu veux bien aller parler avec Jules, s'il te plaît?

Sa grande sœur va le voir. Il secoue la tête. Il n'a pas envie de lui parler.

Emma revient dans la cuisine.

—Il ne veut pas jouer, dit-elle.

Sophie se tourne vers Hugo :

—Mon chéri, tu veux bien aller voir ton frère?

Hugo sort dans la cour, mais revient aussitôt.

—Il veut qu'on le laisse seul.

Une petite voix se fait entendre.

—Moi, je vais aller voir Jules, déclare Millie.

Elle court rejoindre son grand frère. Il l'aide à grimper sur le trampoline. Millie commence à sauter et son frère l'imite. Jules oublie un peu son chagrin et s'amuse enfin. Mais pas pour longtemps.

Dès le lendemain matin, Jules tourne en rond dans la maison.

Il est triste. Il ne veut pas jouer. Il veut que Frimousse revienne. Rien au monde ne lui ferait plus plaisir. Pas même la nouvelle console de jeu qu'il a demandée pour Noël. Rien ne remplace sa Frimousse, son amie de toujours.

CHAPITRE 5

Jules a une idée

Voilà maintenant trois semaines que Frimousse est morte.

Jules y pense tous les matins. Parfois, il est encore triste, mais sa peine s'estompe peu à peu. Il pense surtout à la joie qu'il avait en compagnie de Frimousse. C'était une chienne EXTRAORDINAIRE ! Il repense à leurs promenades, à leurs jeux dans la cour et au bonheur qu'il ressentait en sa présence. Toute sa vie, Jules se souviendra de sa Frimousse adorée.

Demain, c'est la fête de Millie. Elle aura quatre ans.

Jules s'approche de sa mère.

—Maman, crois-tu que Frimousse serait fâchée si on avait un nouveau chien?

Sa mère sourit.

—Je ne pense pas, mon chéri. Je crois que Frimousse voudrait qu'un autre chien fasse notre bonheur.

Jules réfléchit encore. Il a une idée.

—Maman, tu crois qu'un chien, ce serait un beau cadeau d'anniversaire?

Sophie sourit. Elle a compris.

—Je pense que oui, mon coco.

Jules réfléchit encore et encore.
Enfin, il sourit à sa mère.

—Alors, tu es d'accord,
maman!

CHAPITRE 6

Bienvenue, Barbouille !

Barbouille est arrivée dans la famille le jour des quatre ans de Millie.

C'est une petite chienne noire et blanche.

Elle est vive, rigolote et amusante. Tout le contraire de la calme Frimousse.

Millie dit toujours :

— C'est ma Barbouille à moi !

Mais Jules sait bien, lui, que Barbouille est aussi un peu à lui.

Lorsque Millie dort la nuit, Jules entre doucement dans sa chambre et ramène Barbouille entre son jumeau et lui. La chienne se couche à la même place que Frimousse. Alors, le nez caché dans la fourrure toute douce de sa nouvelle compagne, Jules soupire de bonheur.

—Je t'aime, ma Barbouille, lui chuchote-t-il à l'oreille.

FIN !